Der Autor

Herman van Veen, geboren am 14. März 1945 in Utrecht, studierte Gesang, Geige und Musikpädagogik. Danach debütierte er, inspiriert von der Commedia dell'arte, mit dem Musiktheater Harlekijn – in einer clownesken Einmannshow. Unverwechselbar in der Präsentation und in einem sehr persönlichen Stil, legte er damit den Grundstein zu einer beeindruckenden Karriere.
Herman van Veen hat bisher mehr als fünfzig CDs in vier Sprachen herausgebracht. Neben seinen Programmen und Liedern schrieb er zahlreiche Film- und Ballettmusiken, Kinderbücher, Drehbücher für Fernsehserien, wie die Zeichentrickfilme über die Ente Jodocus Kwak.
Er schrieb auch Theaterstücke, führte Regie und spielte Hauptrollen in mehreren Spielfilmen, darunter «Kunst en Vliegwerk», der in Berlin mit einem Bären ausgezeichnet wurde.
Neben seiner umfassenden künstlerischen Arbeit hat er sich auch immer sozial und politisch engagiert. So war er zum Beispiel 25 Jahre Goodwill-Botschafter der Unicef. Er ist Mitbegründer der Stiftung Colombine, die Gesundheits- und Umweltprojekte in Europa und den Entwicklungsländern unterstützt.
Ab Frühjahr 1992 bis Herbst 1993 geht er wieder auf große Tournee und reist einige Monate durch Deutschland.
Von Herman van Veen liegen als rororo-Taschenbücher ferner vor: «Unter einem Dach. Notizen eines Clowns» (rororo Nr. 5124) und «Anne» (rororo Nr. 12491).

Herman van Veen

Gemischte Gefühle

Gedichte,
kleine Verse,
Regeln
und
Geschichten

Rowohlt

Aus dem Holländischen von
Thomas Woitkewitsch

Originalausgabe
Veröffentlicht im Rowohlt Taschenbuch Verlag GmbH,
Reinbek bei Hamburg, Dezember 1992

Umschlaggestaltung Walter Hellmann
(Foto harlekijn holland b. v., westbroek)
Satz Sabon Postscript Linotype Library, Quark XPress 3.1,
belichtet (Linotronic 500), gedruckt und gebunden
bei Clausen & Bosse in Leck
Printed in Germany
890-ISBN 3 499 13330 X

Für meine Femmeke

Inhalt

Eigentlich

Nicht mehr als
eine Melodie sein
singen lassen
strahlen
bewegen
in zärtlicher Stille
zurückbleiben
unter die Dusche
trinken
mit Freunden reden
schlafen
aufwachen
die Kinder sehn.

Ein zufriedener Mann

Laß die Oberflächlichen
mich oberflächlich nennen
laß die Sentimentalen
mich sentimental nennen
die Weisen
mich
weise
die Verrückten
verrückt
die anderen
anders

die Lieben
mich
lieb

die Götter
mich
Gott

Licht

Schwarz ist die Spinne
die Spinne ist schwarz

Kalt ist der Tod
der Tod ist kalt

Weiß ist mein Lied
mein Lied ist weiß

Hell ist mein Gott
mein Gott ist hell

Das Familienoberhaupt

Ein Familienoberhaupt
Vater dreier Kinder
notorischer Fremdgänger
geht zu seinem Arzt –
Angst vor Aids.
Nach einer Woche ruft der Arzt ihn an:
‹Ich hab zwei Nachrichten für Sie –
eine schlechte
und eine sehr schlechte.
Die schlechte Nachricht ist:
Sie haben noch 24 Stunden zu leben.
Die sehr schlechte:
Ich versuche schon den ganzen Tag
Sie zu erreichen.›

Kommt nach Haus

Er kommt nach Haus
geht in die Küche
streicht ihr über den Kopf
kuckt unter den Deckel der Bratpfanne
holt sich einen Schnaps
geht zu seinem Sessel
nimmt die Zeitung
schläft ein
träumt von großen Titten
Strumpfhaltern
schwarzen Nylons
Stöckelschuhen.

Wird wach
mit einem strammen Gefühl
in der Hose
meckert, weil sie erst essen
und dann in aller Ruhe
die Kinder ins Bett bringen will.

Schlürft die Suppe runter
arbeitet sich durch den Blumenkohl
steht als erster vom Tisch auf
schenkt sich einen Schnaps ein
geht zu seinem Sessel
nimmt die Zeitung
schläft ein
träumt von Schamhaaren
Duschlokalen
nassen Handtüchern.

Wird wach
mit einem strammen Gefühl

in seiner Hose
meckert
weil sie erst in die Waschküche will
und dann
in aller Ruhe
sich unterhalten möchte.

Sieht fern
die Beine auf dem Tisch
fragt andauernd
ob's noch Kaffee gibt.
Gönnt sich noch ein Schnäpschen
schläft ein
träumt von weißen Polizisten
die in schnellen Wagen
versklavte Neger jagen.

Wird wach
mit einem strammen Gefühl
in seiner Hose
reißt seinen Hosenschlitz auf
meckert
weil sie sich erst übergeben muß.
Er sitzt unten
sie macht ihn sauber
mit seiner Zeitung
stopft sie in die Bratpfanne
gießt Jenever drüber
zündet die Zeitung an.
Mit der Flasche schlägt
sie den Fernseher kaputt
holt die Kinder aus dem Bett
und sagt
bevor sie abreist
sehr zärtlich:
Stirb!

Bei dem Mann

Das erste
was mir bei dem Mann
immer auffällt
ist seine
Frau.

Warum

Direkt neben den Schienen
wo pünktlich der Vorortzug rattert
hat er ein Stückchen Land
baut da Stangenbohnen an
Kopfsalat
und liest die Zeitung
während im Sonnenlicht Tomaten
rot werden.
Das Wiesenschaumkraut
blüht fröhlich im Gras.
Er hat Zeit
und seine Rente
kann hier auf seinem dürren kleinen Acker
Unkraut zupfen.

Unter derselben Sonne
vierundzwanzig Stunden weiter
steht jemand
schreiend auf seinem dürren kleinen Acker
und fragt: Warum
mein lieber Gott
warum?

Höhlen

Die, die am dichtesten bei
Gott wohnen
halten die Steine
für Häuser hoch.

Minarette
Kathedralen
Sendertürme
Tophotels.

Die, die am weitesten von
Gott wohnen
halten die Tropfen
für uferlos.

Höhlen
Brunnen
Gräber
Erde.

Es lebe der Tod

Sein Gesicht
eine einzige Runzel
eine große Korinthe.
Seine Augen hinter Lidern
verborgen
die wie zwei heruntergerutschte
Hosenbeine vor seinen
Pupillen hängen.
Haut und Knochen.
Finger wie E.T.
Seine Sonntagsjacke
riecht nach hundert Jahren
Schwitzen.
Seine großen Plattfüße
Dauerwellen wie eine Achterbahn
Warzen.
Er ist der Älteste in dem javanischen Dorf
wenn er lächelt
geht der Himmel auf.
Noch nie sah ich jemanden
mit einem Gesicht wie ein
Verkehrsunfall
quer durch die Schwindsucht
so prächtig lachen.
Gott, da ist Freude,
es lebe der Tod.

Was Sie sagen...

Als Konsumenten sehen wir
die Hungerleider in der Tagesschau.
Wir sind ausgesprochen gleichgültig geworden
wir haben unser Bewußtsein
unsere Empfindsamkeit –
meinetwegen Gewissen –
auf ein Niveau herabgesetzt, auf dem
wir kein Problem mehr damit haben.

Willst du noch Tee?

Also, wenn Sie uns fragen
ob es uns etwas kostet
Millionen Menschen vor Hunger
umkommen zu lassen
dann lautet die Antwort:

Ohne Zucker.

Dann lautet die Antwort:

Ja, es kostet uns unsere Empfindsamkeit.

Milch?

Toi aussi

Die Menschheit ist allgemein gesehen:
Grob, dumm, plump, vulgär –
das kann man von jedermann lernen.

El Salvador

‹Sie fanden
die Journalisten
im Regenwald.
Ihre Körper
waren unversehrt,
nur die Haut
war wie Gummi von ihren Köpfen
gezogen.›

Las ich.
Da sitzt man dann,
das liest man dann,
was tut man dann?
Man ißt
ein Ei.

Wie im Flug

Wir mußten
im April
an den Stufen
von Soestdijk vorbeitrotten,
wissen was
Indonesier und Surinamer
sind.

Wir mußten
zu Hause sitzen,
Familie Durchschnitt anschauen,
Kaffee trinken,
wie angeklebt dahocken,
Leberwurst essen,
Licht aus,
schaukeln
und schlafen.

Wach werden,
auf dem Fahrrad
zur Arbeit,
Schnauze halten,
weiterbauen
und für die
Arbeiterpartei
stimmen.

Wir mußten
uns bei der Nationale Nederlanden
versichern,
Kardinäle respektieren,
froh über unsere
Kritiker sein,
uns in Ordner
ablegen lassen.
Nicht über den Strich gehn,
geräuschlos
sterben
und ohne Aufsehn
zu erregen
Kinder zeugen.

Jelzin

Unter Worte
setzt er seine
Unterschrift,
legt den Brief zwischen die Blätter
der Mappe.

Wieder
werden
Frauen schreiend
zurückbleiben
Kinder
mit rotumränderten Augen
ihren Papas
nachschauen.

Junge Männer
werden für
Landkarten
krepieren.

Der erste Schnee

Hab mich gefunden
in einer Jacke
unter einem Hut mit Schellen
eine Handvoll Papierschnipsel
zwei Bälle in einem Netz
ein Kopf aus Holz
ein Besenstiel
verirrt
der abends mit einer trockenen Kehle
nur auf einer leeren Bühne
den Weg weiß.
Das Spiel gespielt
die Lichter aus
so schön wie Schnee
man kann es nicht bewahren.

Lauthals schweigen

Damit ich zaubern kann
in einem Lichtbündel
auf einer schwarzen Bühne,
stöhnt
meine Stimme:
ein Heer in Fetzen geschossener Ideale,
das Licht aus den Augen von Dämonen,
die Sehnsucht in den Bäuchen
der Liebenden,
die Todesangst
der Sicherheit,
die Zukunft
der Sterbenden,
die Küsse
und die Blumen
der wandelnden Leichen
um mich herum,
die unzerstörbare
Melodie
der Zärtlichkeit.

Frei aus dem Portugiesischen

Hör ihn singen
in dem, was er singt
mit den Beugungen
von Ton und Klang
so leise, so laut.

Ihn zu hören, macht mich
froh und traurig.
Er singt, als hätte er
mehr Grund
für sein Leben
als das Leben selbst.

Zu singen in einem frohen Nichtwissen:
das Leben ist so kurz,
das Wissen wiegt so schwer.

Sing
und nimm mich weg
von hier.
Lehr mich auch singen
ohne Grund.

La la la
la la la.

Sehen

‹Wer so skeptisch und zurückhaltend ist, wie ich es immer gewesen bin und immer bleiben werde, sollte einmal mit Menschen sprechen, die vollkommen blind sind, kein Licht unterscheiden können, sogar kein Grau sehen können.›

Elisabeth Kübler-Ross

Tja...
Frau Ross
äh...
sehen Sie?

Liedchen

Warum?
Er trinkt, um zu vergessen.
War zwanzig Jahre im Knast.
Hat einen Lastwagenfahrer totgeschossen.
Der Fahrer hatte seine kleine Tochter totgefahren.
Sein Wagen war doppelt beladen,
das ersparte eine Fahrt,
aber war dadurch so schwer,
daß er kaum bremsen konnte.
Hatte einen Bremsweg von einer Straße.
Sein Kind
plattgefahren wie ein Igelchen.
Dann hatte er in Belgien
eine ganz große Pistole gekauft,
den Mann aufgesucht
und ihm eine Kugel in den Kopf gejagt.
Später kam heraus, daß der Fahrer
entlassen werden sollte, weil er
die Fracht nicht übernehmen wollte.
Sein Boss meinte, er würde
im Falle eines Falles
den Schaden schon bezahlen.
Also hatte er eigentlich
den falschen Arsch totgeschossen.

Herman,
vielleicht
kannst du darüber
ein Liedchen schreiben.

Teilchen

Es schneit...
Tausende weißer Flöckchen
fallen auf
gegen den dunklen Hintergrund
der Tannenbäume,
der Schnee reiht
alles aneinander,
der Boden wird
eine Stickerei
aus geduldigen kleinen Löchern.
So ungefähr
muß sich auch der Stoff bewegen,
aus dem wir gebaut sind.
Jedes Teilchen
mit einer Innen- und einer Außenseite,
Milliarden Stückchen
ewiges Leben
jedes Teilchen arbeitet
hat eine Zukunft
und eine Vergangenheit.

Nicht weil ich es denke,
aber ‹es› denkt vielleicht für mich,
jedes Teilchen für sich
und wir
sind zusammen
bis wir als Stoff auseinanderfallen,
dann wird
jedes Stöffchen
um eine Erfahrung reicher
an einem anderen Leben beginnen,
aufgeteilt
und wie ein Schneetreiben
auf das Morgen wirbeln.

Wo steckt dein Glück?

Was ich zu schreiben dachte
gleicht einem Abschied
von dem, was ich
bis auf den heutigen Tag
als Ziel vor Augen sah.
Merkwürdiger Gedanke
zu wissen
daß man tschüs und hallo
dem Leben sagt, das
man noch erleiden muß
und daß das
einem soviel Glück bereitet.

Es hat aufgehört zu regnen

Es ist spät
der Wind bläst
große dunkle Wolken
über unser Haus.

Ich steh
auf dem Gartenweg
mit zwei Mülltüten in der Hand
und seh nach oben
Millionen Sterne
denk
phantastisch
sich vorzustellen
daß der Mittelpunkt
des Universums
überall ist
und der Umfang
nirgends
und daß ich hier
auf diesem Gartenweg stehe
mit zwei Mülltüten in der Hand
und davon
keinen blassen Dunst habe.

Staub

Ein großes
von Gott verlassenes Minenfeld
voller Kneipen, Bordelle
und Kathedralen
wo Humanide
an der Utopie
eines Happy-Ends zimmern

von einem himmlischen Paradies
träumen
sich auf der Jagd
zuprosten,
die Vergewaltigung
und der jauchzende Mord
samt einem jubelnden Pilz
als Apotheose –

eine tausendjährige Nacht.

Aber

Das Leben geht weiter
hoffentlich nicht zu lang
Zeit ist Geld.

Kein Talent, aber ein wahnsinniges Gedächtnis

Der kleine Wolfgang Amadeus Mozart
wurde von seinem Vater
ans Piano geprügelt
weil er
wieder mal Äpfel geklaut hatte.
‹So, und wenn du bis heute abend
kein Menuett geschrieben hast,
dann gibt's keine
Sesamstraße!›
Mozart nickte vage,
worauf sein Vater
den Pianodeckel
mit einem Knall
auf Wolfgangs Patschehändchen schmiß.

Isabelle, das Nachbarmädchen
fand den Anblick immer so toll:
den kleinen Sebastian
hinter der enormen Orgel.
Im Wohnzimmer der Familie Bach
war es gemütlich
und oft
wenn Johann dasaß
und präludierte
lief Isabelle
zum Fenster
und lächelte freundlich hinein.
Johann hielt sie für ein sehr attraktives Mädchen
und wenn Isabelle am Fenster stand,
stampfte er spontan eine Fuge,
dann schielte Johann nach Isabelle

und Isabelle nach Johann
und die Noten flogen
über Partituren wie Schmetterlinge.

Guust Flater

Um ein Uhr oder zwei Uhr nachts
kam Jesus zu uns an die Tür
– Guten Abend, ich bin Jesus –
ein junger Mann von ungefähr
sechsundzwanzig,
auf Sandalen,
spindeldürr,
mit langen Haaren,
graublauen Augen,
einem Gebiß wie ein Fahrradständer,
schwarze Nägel
und ziemlich stoned.
Wir schauten zusammen zwanzig Minuten
zum Himmel,
er ließ mich begreifen
was er alles gemacht hatte,
den Mond, die Sterne, die Wolken,
beschrieb mir die Gesichter
und die Landschaften
die da hoch oben
an uns vorbeizogen.
Aus seiner Hosentasche kramte er
ein Faltblatt hervor, auf dem ein Mädchen
mit frischgewaschenen Haaren
stand, um Shampoo zu beweisen.
Hatte er auch gemacht,
ihren Mund, ihre Augen, ihre Nase, alles,
unser Haus,
das Fahrrad,
die Müllbeutel,
mich.
Jeden hatte er gemacht,
er hielt das für gute Arbeit.

Er erzählte mir auch,
daß er zuerst Eva erschaffen hatte,
daß ich mir keine Sorgen machen müßte
über die Zukunft,
daß er alles in Ordnung bringen würde,
er war ja gerade daher
zurückgekommen.
Er zeigte nach ungefähr
dem Großen Bären.
Er war sehr müde
die ganze Nacht damit beschäftigt gewesen
Bibeln aus den Kirchen zu holen.
Hatte an ihre Stelle
Comic strips von Guust Flater gelegt.
Hatte kein Haus, wohnte nirgends,
lief nur ein bißchen rum
warum, wußte er eigentlich nicht.
Ich gab ihm eine Hand
und den Text von einem kleinen Lied
das ich einmal gemacht hatte.
Er las es
und sagte
daß er
es toll fand,
daß er es
sehr schön
geschrieben hatte.

Jetzt, da ich das noch einmal lese
denk ich eigentlich
an so viele Christen
die, wenn sie mit einem,
verschlossen lächelnd,
über Gott reden
einem das Gefühl geben, daß es jemand ist
mit dem sie regelmäßig zum FC Utrecht gehn

und daß ich mich noch durch viele Auswahlkommissionen
durchwursteln muß
bevor ich gut genug bin, um in ihren Businessclub
aufrücken zu dürfen und dann ganz froh sein muß
wenn ich jemals einen Schein von Gottes
Schatten...

Sag mir nichts, ich kenne Gott schon lange.
Gott ist die Farbe des Apfels
Gott ist das Erröten auf einer Wange
Gott ist der Schmerz in der Kehle
wenn man die Tagesschau sieht
Gott ist die Melodie des Meeres
der Duft auf dem Wind
Gott ist das steinalte Kind.

Was Stärkeres

Tja, hier wohn ich also.
Ist nicht groß,
aber alles leicht zu erreichen,
mitten in der Stadt, sehr praktisch.

Meine Pulsadern?
Ach, nichts.
Darfst ruhig mal sehn.
Durchgeschnitten . . .
Tat nicht weh.
Als ob man einen Briefumschlag zuleckt
und sich dabei die Zunge schneidet.

Willst du Kaffee?
Es ist still.
Sah mich daliegen,
eine tote Amsel auf dem Gartenweg,
konnte überallhin
quer durch die Mauern.

Mit Milch?

Bin zum Friedhof gegangen.
Dahin komm ich und liege
hinter den beiden Eichen
neben unserem heißgeliebten
tiefbetrauerten Adriaan de Groot
und der Hecke.
Nur die Knochen,
den Rest braucht man
zum Spinnen seiner Flügel.

Zucker?

Durchgeschnitten.
Sah aus, als ob sie sich übergaben.
Erst war gar nichts
und dann – als ob zwei
Blumen aufgingen.

Wie kann man so etwas nur tun?
Die Schande.
Wir standen immer bereit.
Alles ging.
Kind, warum?
Immer schöne Kleider.

Du solltest einmal ein Unglück kriegen können.

Natürlich bin ich verrückt.
Verwirrt?
Jede Woche muß ich
einmal
zu ihm.
Ich rede
er nickt
und sagt
zwischen elf und zwölf
daß er mein Freund ist.

Willst du noch was?
Was Stärkeres?

Kalender

Es ist nicht
möglich
zu begreifen.
Sie hat einen Koffer
voller schäbiger
Ereignisse
die alle Küsse
in der Zukunft
bitter schmecken
ließen
wäre ich nicht
im März geboren.

Schon bei unserer Geburt
liegt das gesamte
von unseren Vorfahren
verworfene Wissen
in unserem Hirn aufgeschlagen
wir nennen dieses Wissen
noch Träumen

Erinnerung

Träum ich
von einem Wesen
das meine Augen aufessen will.
Nicht, daß es mir weh tun will,
aber es kommt so nah heran
es kann es nicht lassen
rasendschnell nimmt es meine Augen
pellt sie
saugt auf ihnen
wie ich auf Zauberkugeln.

Dann
in einem anderen Traum
hab ich das Wesen totgeschlagen
und unter dem Kellergitter bei der Haustür begraben
und ganz viele Blätter darübergestreut.

Dann
in einem folgenden Traum
ging ich nachsehn, ob es da noch lag
es war verschwunden
ich lief zurück in mein Schlafzimmer
blickte in den Spiegel
und sah es wieder.

Ich schlug den Spiegel kaputt
mein Kopf zersprang
wie ein Blumentopf

während ich träumte
von Handfeger
und vom Kehrblech.

Ohne Zögern

Rosa Tausendschön
wollte zu den Nonnen
aber
sie hatte sich
während einer Exkursion nach der Betuwe
nicht beherrschen können
eine erotische Aufwallung von ihr
streng verboten und verachtet
war die Ursache.

Die Schule war sehr spießig
Rosa wurde kurz vor ihrem Abschlußexamen
vom Heiligen Herzinstitut gefeuert
ihre Eltern waren schockiert
wußten sich keinen Rat mehr
Rosa wurde als au pair
in Brüssel versteckt
durch die Lippen von Chantal wurde sie von ihrem Eid entbunden
sie ging auf die Zwanzig zu
ohne es jemals länger
als ein paar Monate
bei einer Familie
ausgehalten zu haben.

Allein
in einem einfachen Hotel
verdiente sie ihren Unterhalt
in fröhlichen Situationen
Ohne Zögern
gab sich Rosa
wie keine andere
dem sauberen Genuß ihres Körpers hin

Vor ihrer Wohnungstür
standen Frauen Schlange
bis nach
Hoboken.

Wach in einem Traum

Es ist vier Uhr nachts
ich fahr von Gent nach Antwerpen
müde,
die gelbe Straßenbeleuchtung tanzt über die nasse Fahrbahn.

Ich bremse,
ein gewaltiger Knall,
mein Kopf zerspringt,
Stille.
In der Ferne hör ich einen Zug.
Das Lenkrad hat sich
in meine Brust gebohrt.
Ich lächle.
Jemand beugt sich
über mich.
Ich öffne die Augen,
sehe, daß sie keine Augen hat,
sehe, daß sie keine Hände hat,
daß niemand da ist.
Trotzdem beugt sie sich über mich,
auf den ersten Blick
sieht sie vollkommen normal aus,
mit Augen und Händen,
nicht anders.
Du darfst ruhig zu mir kommen,
sagt sie.
Ich geh auf sie zu
streichle ihr übers Haar
oder geht sie auf mich zu?
Fühl ich ihre Hand
auf meinem Kopf?
Sag ich:
Du darfst ruhig zu mir kommen?

Ich geh zum Fenster
und blicke zur Gasfabrik hinter unserem Haus.
Es klingelt,
ich mach auf.
In der Tür steht
ein Mädchen – ein Junge noch
es sagt:
Darf ich reinkommen?
Ich bin das,
wonach du schon so lange
Ausschau hältst.
Sie geht an mir vorbei
ins Wohnzimmer.
Die Frau, mit der ich
verheiratet bin, steht auf,
geht mit dem Mädchen
ins Schlafzimmer
und packt, gemeinsam mit ihr
ganz still
ihre Sachen.
Während meine Frau
mit einem Lächeln
Abschied nimmt
und mit dem Aufzug nach unten fährt,
geh ich am Spiegel vorbei zurück ins Zimmer.
Da sehe ich den Jungen
einen Apfel schälen
und das ganze Zimmer
ist bis an die Decke
voll
mit endlosen
Schalen.

Ich finde, daß ich in Panik geraten muß
so wie ich schon so oft
in so vielen zärtlichen Situationen

erröten können wollte.
Ich stürme
die Treppe hinunter
und renne die Straße hoch
und klopfe an die Fenster.
Niemand reagiert.
Kein Auto hält an.
Laufe nach vergeblichen Versuchen
zurück zum Autowrack.
Sehe mich selbst
aus meiner Stirn
steigt ein kleiner Ballon
ich kriech hinein
und wirble
erleichtert
nach nirgends
wo ich geweckt werde
von Lächeln
mit Flügeln
ich sehe so viele Bekannte
meine Oma, Onkel Henk
Tante Klaasje, Rumpelstilzchen
und all die anderen.
Ich höre eine schwere Männerstimme
Der sowjetische Ministerpräsident Michail Gorbatschow
hat heute die Tschechoslowakei besucht
um mit der Prager Regierung
über Reformen zu reden.

Ich mach das Autoradio aus
Antwerpen dreißig Kilometer
geh vom Gas, fahr viel zu schnell
ein Mercedes
schießt an mir vorbei, muß mindestens
hundertachtzig fahren
der Wagen verschwindet

in einer kleinen Kurve
ich bremse

Stille

Der Mercedes hat sich durch die Leitplanken gebohrt
ich parke meinen Wagen auf dem Seitenstreifen
in der Ferne höre ich einen Zug
ich laufe zum Autowrack
der Fahrer ist tot
ruf die Polizei
fahr vorsichtig nach Antwerpen
gelbes Licht tanzt auf der Fahrbahn.

Mit dem Munde gemalt

Manchmal spricht man mit einem
spät in der Kneipe
der einem mit glänzenden Augen erzählt
daß er, wenn er seine Hand
nicht beim Masturbieren verletzt hätte,
leicht so was wie die Nachtwache malen
gekonnt hätte.

Wie z.B.

Flasche

In ihren Augen
ist nichts
sie weinen
aus Spiegeln
von anderen
spielen
mit Zahlen
nennen
Patronen
Pferde
Frauen

Die Männer in der Bar
sind
müde
die Gläser
leer

Übrigens, das von den Männern
und den leeren Gläsern
hab ich geklaut von einem Belgier

Tote, die die Bar schmücken

hängen einander
an Taten auf
Krawatten trauern
der Barkeeper
faltet sie hinterher in eine Flasche
und wirft die Flasche ins Meer

Zuckerwatte

Ich träume
es ist feuchtwarmes Wetter
meine Schuhe kleben am Asphalt.
Benzindämpfe hängen
wie eine riesige Portion Zuckerwatte über Paris.
Schnelle Mädchen in noch weniger Blusen
stöckeln obszön über die Straße.
Ich kaufe ein Eis an der Ecke
bei einem Mann mit grünen Augen
und einem lebenden Stein
in einem Ring
an einer Hand
mit nur
einem Daumen.

Ich bezahle mein Eis
blicke hoch,
sehe eine Boeing
feierlich
oben auf der Sacré-Cœur
landen.

Ich erwache
und kann mich an nichts mehr erinnern
außer an
den Sommer
daß meine Schuhe
am Asphalt kleben
und an die Zuckerwatte
die über Paris hängt.

Was ist es, das sich nicht sehen läßt?

Was ist es, das sich nicht sehen läßt?
Beweis eines geheimen
verborgenen Traumes, Nacht und Tag?
Das Rätsel der Dinge?

Kummer versteckt sich hinter jedem Lachen
das über Steine plätschert
wie ein Fluß von Fragen
verborgen und verschwunden.

Oder ist es so einfach
daß es Dinge gibt, denen sie gleichen
– ohne jede Bedeutung
existieren sie einfach –

so wie die Bilder den Menschen
und die Menschen den Leichen,
und die Dinge die einzige vorborgene Bedeutung
der Dinge sind

Krieg

Es blieb eine neue Welt übrig.
Es würde nie mehr werden wie früher,
glaubte jeder.
Nie mehr für den Frieden kämpfen,
sondern Frieden durch das Aufstellen von Regeln.
Also gab es Grundrechte,
Menschenwürde,
Gleichheitsprinzip,
Recht auf freie Meinungsäußerung,
Recht auf Privatleben.
Prächtig.
Wenn man Regeln liebt.

Wenn man Krieg liebt,
weiß man auch genau, was man tun muß.
Man kann Menschen ihre Freiheit nehmen,
Menschenrechte verletzen,
diskriminieren,
Überzeugungen unterdrücken,
das Privatleben mißbrauchen.

Wie können wir verhindern,
daß, wo auch immer auf der Welt
jetzt oder in Zukunft
jemals wieder ein Mann aufsteht
der in aller Ruhe
die Welt zwingt
Regeln mit Gewalt zu übertreten.
Mit der Entschuldigung, daß es ein heiliger
finanzieller
ökonomischer
notwendiger Freiheitskampf ist.
Resultat:

neue Regeln entstehen,
neue Rechte,
neue Welt.
Eine Welt mit denselben Menschen
mit einer anderen Freiheit.

Warum dennoch immer die ewige Forderung
eine bessere, schönere Welt zu machen?
Es gibt doch Tote, Kranke, Opfer, Rauchwolken von Kampf.
Es gibt doch Leben, Gesundheit, Glück, rosa Wolken, Liebe.
Eben darum?

Das ist da, das wird immer dasein.
Aber sowohl die Welt von Toten
als auch die Welt von Lebenden.
Weil wir Menschen sind.
Wir leben nun einmal
und sterben dann total normal.
Verlegen immer wieder die Grenzen,
sehen erstaunt die Kriege, die dadurch entstehen,
ethische Probleme,
technische Zerstörung,
verlegen aufs neue die Grenzen.
Um zu verhindern,
um weiterhin zu versuchen,
um nicht zu verzweifeln,
um vielleicht der Angst zu entgehen,
daß wir sterben.

Es sollte nie mehr so werden wie im Zweiten Weltkrieg,
glaubte jeder.

Es sollte anders werden.

Sänger

Er wollte
die abscheuliche Wirklichkeit
verändern
in das, was man Klischees nennt
in Lieder
und in Rosen

Er sang do re mi
und la la la
I love you
und Opera
so lieb
so froh
daß jedermann
von Wirklichkeit
ihn kaufen wollte
in Büchern
mit Kärtchen
oder in Plattenhüllen
seine Lieder
und
seine Rosen

Verflogene Tage

Kievitdwarsstraat 52
da wohnten wir,
Vater, Mutter, zwei Schwestern und ich.
Ein schmales, hohes Haus
mit einem kilometerlangen Gang
immer nassen Wänden
gemauert für eine religiöse Zeichnung.
Wie Lourdes.
Oben,
ein Klo mit Holzdeckel
und einem Loch, das unserem Gefühl nach
in China endete,
so tief,
so lang
dauerte es, bevor man seinen Bolus
plumpsen hörte.
Ein Speicher –
ein Sparrenwald,
ohne Bretter,
ohne Boden.
Das ganze Holz
war im Krieg verheizt.
Ich schlief im Zwischenzimmer,
oben zwischen dem Vorraum
und dem Schlafzimmer
der Eltern
einer Art Mundharmonika mit Schiebetüren.
Die Treppe, die Wände, die Türen, die Betten.
Nichts krachte nicht.
Kalt war das Haus,
ohne Heizung,
nur ein Ofen im Wohnzimmer
wo wir abends im Winter

wie ein paar Kartoffelesser
mit den Beinen auseinander
herumsaßen.
Auf unseren Schenkeln
erschien dann
nach einiger Zeit
die rosa Honigwabe
von Ofenbeinen.
Hinter den Micaplättchen
glühte das Anthrazit,
jeden Monat gebracht von schwarzen Heinzelmännchen
mit Jutesackmützen
die durch den Gang durch die Küche
in Kohlestaubwolken
zum Verschlag trotteten.
Hochglanz waren die Türen,
die Tapete blaß geblümt
die Decken fein grundiert
die Leisten strenge Striche.
Neben uns wohnten Tuls,
zwei Krämerschwestern.
Da konnte man alles kaufen
von Süßholz bis grüner Seife,
von Erbsen bis Lebertran.
Alles verschwand in braunen Punkttüten.
Ein geheimnisvoller Laden
mit einem Lagerraum
voller Rätsel.
Dosen
Schachteln
seltsamer Krimskrams
von überallher.
Die Schwestern waren lieb
und gläubig.
Auf der anderen Seite neben uns wohnte jedermann,
jedes Jahr jemand anderes

hinter runzelnder Gardine.
Niemand blieb lange.
Merkwürdiges Haus.
Vornehmer als unseres.
Nie lernten wir die Menschen
die da wohnten
kennen.
Einmal nur,
als Ans da wohnte.
Ans war total Bluse,
gefüllt mit vielversprechenden Bewegungen.
Wie Wasser in einem Sack gluckert,
so gluckerte es in Ans' Bluse.
Faszinierend fand ich das.
Als ich sie sah
prickelte mein Bauch
beinah so wie
am Klimmtau
wutsch, in einem Rutsch nach unten.
Gegenüber
wohnte ein Polizist
mit einer Handvoll Söhnen.
Der Bulle war streng und stark,
das konnte man an den Wangen
der Jungen
regelmäßig sehn.
Seine Frau war mager, bleich
und kam nie aus der Küche.
Daneben im Hauseingang
wohnte unter und über den Kanarienvögeln
ein wichtiger Teil von DÜS
Durch Übung Stark,
der Fußballklub von Utrecht,
Erzrivale von Elinkwijk.
Auf der anderen Seite beinah eine Dame,
verheiratet mit einem Kellner,

hatte einen Pudel und drei Söhne
von denen einer eine Badehose hatte
aus echtem Tigerfell
wie Tarzan von den Affen.
Meiner Mutter zufolge
steckte in dem Höschen mehr
als nur ein Pimmel.
Sie dachte an Garnrollen.
Meine Oma und Tante Gé
von Vaters Seite
wohnten in Nummer 39.
Und davor in der Straße
wohnte die blonde Gudrun,
Kreuzung aus Doris Day
und Diana Dors.
Ihre Brüste
trieben wie zwei
Kinderköpfchen
in einem Bootshals.
Gudrun hatte alles
was ich als Pubertätler
anziehend fand,
volle Lippen
volle Bluse
schlanke Schenkel
unwahrscheinliches Lachen
Augenaufschlag à la Bardot
Haar wie
von einem Pony
Woolworth-Haarlack
Zuckerwatte
roch immer
nach
einem Hauch Schweiß.
In meinen Träumen
ging ich

regelmäßig
wie Phantom
zu ihr
und hab so
mehr mit ihr geschlafen
als Koos de Wit
der nichtsahnend
neben ihr lag und schnarchte.
O ja, einmal auf der Treppe
begegnete ich Max Maat
auch in Gudrun verknallt.
Wir haben wie zwei Hunde
auf der Treppe gekämpft.
Ich verlor
weil Max träumte
daß er
Tarzan war.
Die Straße war unser Kosmos.
Jede Pfütze eine Stadt
jeder Bürgersteigrand wieder ein neuer Weg
die Laternenpfähle waren Bäume
die Lampen das Weltall
alle Briefkästen Ohren der Türen
alle Fensterbänke zum Klettern
und zum Sitzen und zum Schreiben.
Hüpfen und Kreisel spielen
Schwarzpulver und Dik Bos
wir waren Indianer auf dem Mond
Zigarrenmarken waren unser Geld
König, Kaiser, Admiral
auf dem Schuttabladeplatz.
Der Lumpensammler rief Lumpen
der Gemüsemann kam mit einem Pferd
der Wagen des Milchmanns wurde gezogen
von einem räudigen Hund.
Aber der gefährlichste von allen

die durch unsere Straße gingen
war
der Scherenschleifer.
Er hatte kaum noch Finger
ein Holzbein
und blickte so gemein
wie ein NSBer.
Er wollte alles schleifen
Messer, Scheren, Schaufeln
und wenn er schliff
sprühte das Feuer
beinah so hoch
wie Silvester,
die ganze Straße
war Feuer und Flamme.
‹Ist deine Mutter zu Hause?
Frag doch mal, Junge,
ich will sie auch gut schleifen.›
Ich mußte ganz oft von ihm träumen
dachte, wenn es den Teufel gibt
sieht er aus wie der Scherenschleifer
der zischend durch die Straße ging.
Wurde dann schweißnaß wach
und schrie: ‹Scherenschleifer,
ich schleif Ihre Messer und Ihre Scheren,
Scherenschleifer.›
Sonntags war die Straße ganz still
als ob sie lag, um zu grübeln,
schienen nur die Menschen
der Pfingstgemeinde
da zu wohnen.
Mit Hüten wie aus Büchern
und auf Pickwick-Dosen
schwarzen Strümpfen
dunkelblauen Jacken.
Nachmittags gegen fünf

ging da der Mann
gelb wie der Erdnußchinese.
Er war laut meiner Mutter
ernsthaft ansteckend krank,
wohnte mit Tuberkulose
in einem Holzhäuschen
hinten in seinem Garten.
Der Rest der Familie
wohnte normal
in Nummer sieben.
Und sonntags um halb zehn
fuhr er manchmal an der Gracht vorbei,
so sagte fast jeder,
der Kinderverderber, der an Pimmeln
rumfummelte oder seinen
wie einen Zauberstab
vor unseren angstvollen Augen
in die Luft
steigen ließ.
Noch stiller war es
in der Koekoekstraat
wo alle Läden waren
Grotendorst und Jamin,
der Lubro mit seinen Kuchentütchen,
Kuchen aus zusammengefegten Krümeln,
und der Buchladen von Van Boven
der alles hatte
was ich lernen wollte.
Jules Verne stand da
und Tim und Struppi
und Adlerauge
und Prinz Eisenherz,
alle mit ihrem Rücken
zu mir,
so still wie in der Duifstraat
die aus Asphalt war

wo noch Juden wohnten.
Mit ganz kleinen Schuhen,
weil sie, so sagte Frau Verheul,
keine Zehen mehr hatten.
Die hatten die Deutschen
abgehackt oder aufgegessen.
In die Kwartelstraat
konnte man nicht kommen.
Da wohnte der Feind.
Die Grietstraat ging noch gerade,
aber um die Ecke
drohte Gefahr.
Da wohnten die Dämonen
und der Abschaum, die anderen,
von Vätern, die in Fabriken
und der Eisenbahn arbeiteten.
Dann gab es noch Effie von der Treppe,
die als allererstes Mädchen auf der Welt
Nylons trug.
Nylons mit einer Naht und fleischfarbenem Strumpfhalter.
Ich kriegte davon überall Gänsehaut
und wollte da schon rankommen.
Und in meiner kurzen Hose
aus Samtrips
wuchs dann mein Zipfel
bis fast an die Gürtelschnalle
und meine Wangen
glühten rot.

Wenn du mal groß bist

Hans wollte eine kleine Elfe werden
kein Teufel
mit Klumpfüßen
Hans wollte wie ein kleines Blatt
unten an einem turmhohen Baum
Pirouetten drehen
um dann
in einem unausdenkbaren Augenblick
in unbekannte Weiten weggeweht
und gefunden zu werden
von einem freundlichen Mann
mit Witzen in den Augen
der ihn in seine Arme nehmen würde
zärtlich auf die Stirn küssen
hinunterschieben
erwachen
und keine Fußballschuhe kriegen

Ich will keine Hilfe

Sechzehn Jahre später
stehst du
an der
Straßenecke.
Es regnet.
Dir tut alles weh
und du weißt nicht
woher es kommt.

Autos
fahren
langsam
an dir vorbei.
Ein Mercedes hält.
Die Fensterscheibe gleitet
automatisch herunter.
Der Mann hinter dem Lenkrad
fragt: Wieviel?
Du flüsterst,
er nickt,
du steigst ein
und er fährt
zu einem dunklen Parkplatz
hinter dem Olympiastadion.
Klappt seinen Sitz nach hinten
nimmt deine Hand
und bringt sie
an seinen Hosenschlitz.
Er stöhnt,
du hilfst ihm,
er hilft dir
mit fünfundsechzig Gulden.

Du wankst
zu Freunden
ins Stadion
kaufst einen Schuß –
eine einfache Reise
Himmel.

Gott, glühender Gott
ich schäme mich so
ich schäme mich nicht,
Christus
ich will keinen Trost
warum tröstest du mich nicht,

Mutter
ich will keine Hilfe
warum hilfst du mir nicht.

Anne

Die andren Babys sah ich nicht
ich sah nur dein Gesicht
Anne

Du kniffst die Augen zu ganz schnell
das viele Weiß war dir zu grell
Anne

Ich hab behutsam nachgezählt
ob dir kein Zeh kein Finger fehlt
Anne

Ich war verlegen und sehr stolz
und du fandst mich zum Lachen
Anne

Anne
die Welt ist nicht so schön
doch du kannst sie ein bißchen schöner färben
Anne
du kriegst noch manchen Schuß vor ’n Bug
sei unbesorgt, die Sorgen kommen früh genug
früh genug

Die Zeit vergeht, sie bleibt nicht stehn
das wirst du schon noch sehn
Anne

Wie schnell du dich von uns entfernst
wenn du erst gehen lernst
Anne

Du drehst den Kreisel einmal rum
und schon bist du ein Jahr
älter

Kaum bist du ohne Babyspeck
saust du auf dem Mofa weg
Anne

Anne
die Welt ist nicht so schön
doch du kannst sie ein bißchen schöner färben

Anne
du kriegst noch manchen Schuß vor 'n Bug
sei unbesorgt, die Sorgen kommen früh genug
früh genug

Die andren Babys sah ich nicht
ich sah nur dein Gesicht
Anne

Nur die Augen deiner Mutter
war'n genauso schön wie du
Anne

Vor Glück

Als unser Kind geboren wurde
was alles weiß
die Ambulanz, die Schwester, der Doktor
und der Assistent
Das Waschbecken
inklusive Kaffeetassen
die Läppchen und die Laken
und die Apparate standen da
für den Fall
daß was schiefging.
Warmwasser war reichlich vorhanden
und der Arzt fädelte seine Finger
in durchsichtige Plastiksäckchen.

Eine Waage
ein Bettchen
ein Wandschirm
und ein Stuhl für den Vater
um der Mutter
mit seinen großen Händen
beizustehn.

Und auf Papiere schrieb die Schwester
wie es stand
um uns alle
und von sehr weit draußen
hörte man den Verkehr.

Als das Kind kam
wurde es aufgefangen
vom Doktor
und der reichte es der Schwester weiter
und die zeigte es

der Mutter und dem Vater.
Und wir weinten vor Glück
und das Baby wurde gewaschen
und so eingemummelt
unter weißen Decken
daß man es beinahe
nicht mehr wiederfinden konnte.

Und als das Baby
vierzehn Tage alt war
entstand da ein kleines Problem
und der Doktor kam
gab ihm eine Spritze
strich dem Baby über seinen Scheitel
und
wir bezahlten ihn
per Scheck.

Als ihr Kind geboren wurde
tänzelte der Hund
und die Sonne
donnerte Hitze
auf die Reisfelder.
Die kleine graue Katze
lag auf einem Bambusstock
und gähnte.

Ihre Mutter
und ihre Großmutter
ihre Schwestern und ihre Brüder
die Kinder von gegenüber
die Nachbarn
und der tolle alte Mann
standen im Zimmer
zuhauf um sie her
und lachten und quasselten.

Und Anna
die schon sieben Kinder hatte
saß hingehockt auf dem Boden
die Röcke hochgeschoben
und warmes Wasser gab es
in einer Schüssel
und eine Matte fürs Baby
und Läppchen aus Gardinen lagen rum
ein Fläschchen mit Alkohol
eine Schere
ein Faden für die Nabelschnur
und von draußen
hörtest du den Fluß
die Vögel und die Bäume.

Und als das Baby kam
wurde es aufgefangen
von Anna
die schon sieben Kinder hatte
und die gab es dem Vater
und der zeigte es seinen Freunden
und danach jedem.
Und sie weinten vor Glück
und sie sangen Lieder
von früher und morgen
und das Kind wurde gewaschen
und neben die Mutter auf den Fußboden gelegt.

Und als das Baby
vierzehn Tage alt war
entstand da ein kleines Problem
und die Mutter lief
mit ihrem Baby
zum Doktor in der Stadt.
Das hieß zwei Tage laufen.
Und der Doktor strich dem Baby

übers Köpfchen
und sagte:
‹Sie kommen zu spät, gute Frau!
Ihr Kind
ist
beim lieben Gott.›

Stop

Saß in jenen Tagen
in einem Streichquartett,
waren auf Tournee
in Italien.
Das Konzert in Venedig wurde abgesagt:
Algen auf der Bühne.
Schickte meiner Freundin
ein Telegramm:
STOP
KOMME EINEN TAG FRÜHER NACH HAUSE
STOP.
Komm nach Hause
finde meine Freundin
in den Armen ihres Harfelehrers.
Ich war völlig schockiert
ging sofort
zu meiner anderen Freundin
und fragte:
Wie ist das in Gottes Namen nur möglich?
Worauf sie sagte:
Vielleicht hat sie das Telegramm nicht bekommen.

Frei nach Baron Bodissey

Ist Demokratie praktisch anwendbar?
Ja, in einer Gesellschaft mit einer
relativ monogamen Zusammenstellung,
in der Individuen einander
möglichst gleich sind.
Aber was ist von einer Zusammenstellung zu sagen
die zum Beispiel aus zweihundert Wölfen
das heißt: Juden – besteht und neunhundert Eichhörnchen
das heißt: Arabern?
In einer Demokratie, in der die meisten Stimmen gelten
könnte das heißen
daß die Wölfe in Bäumen wohnen müssen
und Eicheln essen.

Knack

Ein fernes und zartes Knacken
ich sah erschrocken auf
war es das Knacken des Herdfeuers
stand ich auf einem Käfer?
Das Feuer war aus
unter meiner Hacke
fand ich nur ein plattes Stückchen Kaugummi
ein Siegel der Straße.
Was hat da geknackt?
Was hörte ich knacken?
Einen Riß in meinem Schädel?
Im Spiegel
sah alles normal aus
ich betastete meinen Kopf
kein Härchen zu finden.
Doch wußte ich ganz bestimmt
daß ich etwas knacken gehört hatte.
Merkwürdig
es war kaum dagewesen
aber doch
knack, knack, knack.
Da gerade nichts
und da wieder
zwei, drei Knacklaute.
Der letzte etwas kürzer und heftiger
als der erste.
Es war weiter nichts oder niemand im Zimmer
nichts, das geknackt haben könnte
ohne daß ich es direkt gemerkt hätte.
Ich fand das unheimlich.
Ich mochte kein unangekündigtes Knacken
und schon gar kein Knacken
das ich nicht identifizieren konnte.

Haßte das schon auf der Schule.
Wenn ich ein Knacken hörte
ruhte ich nicht eher, bis ich wußte
woher das Knacken kam.
Meistens waren es banale Knacklaute
Erdnüsse
die jemand heimlich
unter seiner Bank
knabberte,
oder das Brechen eines Nagels
eines zu eifrigen Mädchens.
Einmal hab ich die Gläser einer Brille knacken gehört.
Das war, als Hennie Smits Vater,
der seiner Mutter zufolge tot war,
während eines Ausflugs zur Wassenaarse Slag
in den Dünen entgegenkam.
Später
als ich etwas älter war
fing ich an, mich für Knacklaute zu interessieren.
Ich hab sie kennengelernt.
Nun hatte ich Knacker sehr gern.
Kann nicht ohne Knacker,
möchte ohne gutes Geknacke
eigentlich nicht leben.

Aber es wird soviel Unsinn geknackt
gutes Geknacke ist ein Genuß.
Kein kräftiges, gehetztes Geknacke
oder ein etwas zu lautes
nein,
ein Knacken zur rechten Zeit
nicht zu trocken.
Tief,
ohne allzu langen Hall
ein mildes,
aber nicht schwaches Knacken.

Von unten
ruhig
von oben
frisch und neu
neugierig
nicht berstend
sondern klar.
Ein gutes Knacken kann edel sein,
sehr persönlich
ohne aufdringlich zu werden.
Ein bißchen spielerisch
mit einem Anflug von Heimweh
und doch mutig.
Ach, ein prächtiges Knacken
hört man eigentlich selten.
Nur ein paarmal in meinem Leben
durfte ich die schönsten hören
die mit klaren Konturen
das köstliche, göttliche Knacken
eines Jungfernhäutchens.
Ein, zwei Augenblicke
Atemzüge
die Ewigkeiten schienen
von denen einem die Tränen
in die Augen schießen
unendlich zartes Knacken.
Jetzt, da ich dies niederschreibe
wird mir klar
daß das Knacken
das ich soeben vernahm
vielleicht das Echo war
vom schönsten
das ich gerade beschrieb ...

So wie
die Antilope
in Afrika
von der Luft
berührt wird,
die den Schmetterling
bei uns auf dem Balkon
in Bewegung bringt.

Einst

Und dann?
Was geschieht nach deinem Tod?
Kommst du in den Himmel?
Kommst du in die Hölle?
All die schwierigen Fragen.
Zum Beispiel:
Wenn du während deines Lebens
all deine Haare verloren hast
warten die Haare dann auf dich
im Himmel?

Rettungsschwimmer

Meine Tochter machte
ihren Rettungsschwimmer.
Ich dachte, ich hab mal gesungen:
‹Jesus, der dem Wasser so vertraute
daß er einfach übers Meer ging.›
Beim Wassertreten
ging ihr Kopf unter
nur ihre zwei Finger
hatte sie noch übers Wasser.
Nach zwei Minuten
kam sie wieder nach oben
mit rotumränderten Augen.
Es hatte geklappt.
Bald hat sie
ihren Rettungsschwimmer
um Menschen wie mich
die glauben wollen, daß man übers Wasser
gehen kann,
rauszuziehen.

Strohhalm

Ich hab den Zug verpaßt,
bin ein bißchen durcheinander.
Bin seit drei Tagen von zu Hause weg,
hatte keinen Sinn mehr.
Der Teppichboden wuchs schneller als meine Nägel.
Bin mit einem Haufen Typen auf einem Kongreß gewesen.
Saß und betrank mich.
Dann kam das Mädchen,
na ja, was macht man.
Hab mit ihr ein bißchen rumgequatscht,
bin mitgegangen zum Dachboden,
als ich schließlich oben ankam
was da gar kein Dachboden,
sondern ein Friedhof
wie man sie in Österreich sieht,
Flitterkram und zig kleine Porträts.
Sie ging vor mir her
stieg in ein Zweipersonengrab
und begann sich auszuziehen.
Hab mich neben sie auf den violetten Satin gelegt
und während ich mit dem Mädchen dalag und bumste
mußte ich andauernd an meine Frau denken.
Eigentlich seltsam
denn wenn ich mit meiner Frau daliege und bumse
muß ich oft an solche Situationen denken.
Sie fand es, glaub ich, ganz schön.
Ich lag da und dachte an Cruyff
das lenkte mich ab
so daß ich
nicht kam,
bin runtergerollt
sah keinen Nutzen mehr darin,
ich verstand alles nur zu gut.

Bin eingeschlafen
und als ich in der Frühe
wach wurde,
lag sie noch da,
hatte nur einen anderen Kopf bekommen.
War sie den Abend davor, sagen wir mal,
zweiundzwanzig, war sie jetzt bestimmt dreiundachtzig.
Als ich genauer hinschaute
sah ich, daß es gar keine Frau war ...
Ich muß ganz schön betrunken gewesen sein.
Als ich den Mut aufbringen konnte,
noch mal hinzuschauen
schien ich selber neben mir zu liegen.
Ich hatte keinen Körper
es war eine Art Erinnerung
die neben mir lag,
nicht aus Glas, aber so was Ähnliches.
Sah mich aufstehn
während ich liegenblieb
hörte mich sagen:
du brauchst mich nicht mehr,
du bist erwachsen,
du fühlst mit deinem Verstand.
Ich mußte mir recht geben.
Während ich den Friedhof verließ
und allein in diesem Grab zurückblieb
hätte ich gern geweint,
es begann zu regnen
als eine kleine Wasserpfütze
im Grab stand
erhob ich mich
und sah ein flackerndes Licht
das auf meiner Hand tanzte.
Ich fühlte
daß alles vorbei sein würde
wenn ich das Licht ausblies,

daß ich nie mehr
wach werden würde.

Ich hab das Licht
ganz sorgfältig
aufgehängt zwischen der Sonne
und dem Mond
und danach
nie mehr
die Vorhänge zugezogen
existiere
fortan als mein eigener
glücklicher Witwer.

Pfeifen

Ich kann nicht beurteilen
ob weniger gepfiffen wird.
Ich denke, es wird viel gepfiffen
aber wir sind
im allgemeinen nicht
dabei.

Ball

Da stand auf einmal Hennie in der Klasse
mit einer verdammten Lederpille,
hart wie eine Eichel,
und mit einer Luftpumpe.
Es ging nicht mehr ohne ihn.
Er war der gekrönte König des Spielgesindes.
Wir waren alle sein bester Freund.
Immer schon gewesen.
Hennie, der nie mitmachen durfte,
weil er unglaublich schielte,
durfte anfangen zu wählen –
verkehrte Welt –
sofort das Statussymbol der Schule,
Alex, der bei Velox spielte.
Ich traute meinen Augen nicht.
Hennie durfte den Anstoß machen.
Immerhin war es ja sein Ball.
Anlauf, bumm, der Ball flog
hoch über die Mauer in den Garten
des Kardinals.
Jesuschristus.
Ich ging ihn holen,
kletterte über die Mauer
mit den evangelisch einzementierten Glasscherben.
Mit einem blutenden Knie
landete ich im Garten.
Da, da oben im Baum
lag zwischen den Parisern der wunderbare Ball.
‹Ist das deiner?› fragte der Kardinal streng.
‹Nein, Herr Alfrink, der gehört Hennie.›
‹Jetzt gehört er dem Baum›, sagte er,
‹und du, du darfst hier nie mehr herkommen!›
Er hat ihn weggenommen, diese Tunte.

Mit einem Schlag was alles wieder beim alten.
Tom holte seinen vergammelten Tennisball hervor
und Hennie durfte nie mehr mitmachen.

Müll

Frucht
aus dem Leib
verschwindet
im Müll
kommt in einen
Plastikbeutel
wird von
Gastarbeitern
weggetragen.
Die Müllabfuhr
streikt
es stapeln sich
Plastikbeutel
Dosen, Kisten
Abfall.

Frucht
kommt zurecht
zwischen den Essenresten
eines chinesisch-indischen
Restaurants
tut sich gütlich
an einer
freßbaren
Frühlingsrolle.

Frucht
wächst auf
mit Kartoffelschalen
wächst kräftig
aus den Klumpen
kuck, da drüben
geht sie
ich geh nicht mehr nach draußen

Und

Wie würden
die Dinge über uns denken?

Nicht mein Bruder

Wenn Gott
den Menschen
nach seinem Ebenbild
geschaffen hat,
gleicht er auch
Saddam Hussein.

Ding

Er verstümmelt
eine Blume
und nennt sie
Tulpe.

Er macht aus dem Baum
etwas, um drauf zu sitzen
und nennt es Stuhl.

Er enthäutet ein Tier
schert es
näht es
und nennt es
Portemonnaie.

Applaus

Da stand im Saal ein Mädchen
aus weißer Seide
mit sehr feinem Haar
ohne Augen
die grün waren.
Mit gefalteten Händen
ihr Mund
war ein und alles
und ihre Nase
stupste
ein ganz leises
Guten Morgen.
Während sie so stehnblieb
kam sie auf mich zu
setzte sich kurz
auf meine Geige,
tippte sanft
an meine Schläfen,
strich den
Unsinn
von meiner Stirn
und flüsterte
nichts in mein Ohr.
Da stand im Saal ein Mädchen
aus weißer Seide
und ich war
für eine hundertstel Sekunde
zweitausend
Jahre
mit ihr
allein.
Leider Gottes
stand im Saal

überhaupt
kein Mädchen
aus weißer Seide.
Ich schreib das nur, um etwas vorzumachen.

Aber nicht
wenn ich Ihnen sag
daß ich heute morgen
kurz bevor ich wach wurde
drei Engel sah,
erst als sanften Schatten
hinter den Wolken,
große, sich bewegende Flieger
als sie durch die Wolken stießen,
sah ich unbeschreiblich hell,
unbeschreiblich weiß,
sah ich das Wunderbare
die Wirklichkeit
umarmen.
Die Menschen hatten Angst
und schrien.
Sie ergriffen die Flucht.
Ich fing das Unsichtbare
in meinen Augen
und wenn du mich siehst
heute oder morgen
dann wirst du sehn
ich hab gelogen.

Frei nach Mrs. M. Fiechtner

Ich geh hin und her
hin und her
und ich denk jedesmal
wer war er

Fünf Gitter
vier Mauern
fünfzig Zentimeter dick
drei Meter
von Wand zu Wand
vier Schritte
von Rand zu Rand

Wer war der Architekt
wie viele Nächte
hat er gezeichnet
wie oft
brachte seine Frau ihm Tee
wer war der Mann

Welche Fachleute
verkauften ihre Hände
um das zu mauern

Wer bezahlte
welchen Lohn
haben sie gekriegt

Wer lieferte die Ziegel
wer
besorgte den Sand

Wer bezahlte
welchen Lohn
haben sie gekriegt

War er groß
war er klein
war er jung
war er alt
wovon träumte er
als er klein war
bist du sicher
dir ganz sicher
daß er nicht
mit deiner Schwester verheiratet ist

Ich geh hin und her
hin und her
und ich denk jedesmal
wer war er

Fünf Gitter
vier Mauern
fünfzig Zentimeter dick
drei Meter
von Wand zu Wand
vier Schritte
von Rand zu Rand

Kennst du das Gefühl

Du stehst an einem Zebrastreifen
und auf der anderen Seite siehst du
eine unglaublich schöne Frau
du willst sie auf der Stelle ...
... heiraten.
Aber dann fällt dir ein:
du bist ja schon verheiratet.
Du willst auf der Stelle vier Kinder
aber dann fällt dir ein:
du hast ja schon vier Kinder.
Und du stehst da
du denkst nach ...
und wirst von einem Bus
überfahren.

Kennst du das Gefühl?

Grand Hotel

Unser Hotel hat seit der Wende
mehr Etagen
deshalb rat ich Ihnen
nehmen Sie den Lift
die Dame wird sie nun begleiten
zur Adenauersuite
on the fifth

Ist es das erste Mal
daß Sie hier übernachten
es ist seit 1800
schon ein Tophotel
berühmte Leute wohnten hier
vor allem Herren
Adolf Hitler, Kathi Witt
Rudi Carrell

Willkommen im Grand Hotel Deutschland
the piccolo takes care für das Gepäck
wollen Sie hier bitte unterschreiben
Sie haben Diners? Don't worry
we will give it back

Vom Fenster hat man Aussicht auf den Bahnhof
es ist schon spät
und trotzdem ist da noch der Teufel los
es sieht aus wie ein Treffen
müder Gaukler
als Transvestit maskiert
ist es der Tod, der da herumspaziert

Auf einer Mauer les ich
über deutsche Prosa
rassistische Graffiti
und Sieg Heil
Ku-Klux-Klan und Coca-Cola
Soko, Scheiße,
Heinz ist doof und Gudrun geil

Bien venu au Grand Hotel Deutschland
in Ihrem Zimmer gibt es eine Minibar
airco, video und ...
reservieren
für 'ne Massage
please call 69

Das große Wasserbett
ist leer ohne Freundinnen
ich frag mich
was die Liebste jetzt wohl tut
vielleicht denkt sie an mich
und träumt tief drinnen
von mon amour,
je t'aime
take care und
mach es gut

Im Fernsehn läuft grad ein
Tiroler Jodelporno
im Waldheim vögeln Sissi
und ein Bär
ich leg die Hand an meinen Freund
und ich gelobe
mein lieber Gott
das mach ich ganz bestimmt
nie mehr

Welcome in Grand Hotel Deutschland
the bar is open und sehr gut
im Restaurant spielen Zigeuner
while my guitar so gently weeps
und Wiener Blut

Welkom in 't Groot Hotel Deutschland
de bar is open en zeer goed
in 't restaurant spelen zigeuners
from strangers in the night
und vergessen kann ich
nicht so gut

Holmes

Watson

Ja ...

Gott ist tot,
aber wer hat
es getan?

Fliegen ist kaum möglich
mit Flügeln
alles Übrige
ist Fall

Schaf

Eine Möwe kreist,
ein junger Mann – ein Mädchen noch –
zieht auf dem Bahnsteig die Schuhe aus
und ruft
daß jeder es hören kann:

Schuhe saubermachen
Hände waschen
Zähne putzen
Tag Mama
Tag Papa
Tag lieber Gott ...

Der Tod
der im Bahnhofsrestaurant
eine Tasse Kaffee trinkt,
schaut hoch
und verwandelt sich
in den Viertel-vor-vier-Zug
nach Rotterdam

Die Möwe kreist,
der junge Mann schaut hoch
und sieht den Vogel bei seinem Flug.
Wäre ich der Vogel
dann ...
kurz danach fliegt er
mit den Möwen über

dem Hauptbahnhof
und kreist
auf dem Weg zum Meer.

Der Tod
bläst sich auf
in dunkle Wolken.
Die junge Möwe
stürzt
vom Blitz getroffen
ins Meer.

Sie verwandelt sich in ein Schiff.
Der Tod zerrt an den Segeln.
Ein Wasserschwall schlägt ein enormes Loch
in den Bug
das Schiff sinkt.

Die Möwe ergibt sich
und legt ihr Los
in Gottes Hand
und verwandelt sich
in ein
Schaf.

Für alles

Für die Sicherheit
gibt es Regeln
für die Hoffnung
ein Kreuz
für die Soldaten
gibt es Gräber
für die Damen
und die Herren
das Buffet
für den Mann
mit der Hand
und die Frau
mit den Lippen
wie ein Rasiermesser
gibt es
den Balkon.

Wo einst
die hohen Pappeln standen
stehn
geduldig und gerichtet
Raketen
um uns zu beschützen.

In der Ferne
hinterm Deich
ist der Herbst.

Dunkle Menschen fallen.

Frauen
waschen Kinder
mit Sand

Fliegen
legen Eier
in
tote
Augen.

Ich weine nicht mehr
es lohnt sich nicht.

Der Himmel ist unbewegt.
Ich flieg
mit den Zugvögeln
in den Süden
und komm wieder
als jubelnder Haselnußstrauch
oder Rotdorn
oder Löwenzahn
nur wegen der Pusteblumen.

Es ist nichts.

Komm und nimm mich weg von hier

Komm und nimm mich weg von hier
befrei mich von der Last, die Leben heißt
und mach mich so leicht, daß ich frei sein kann
daß ich bei dir sein kann

Ich weiß, das Wunder kann jeden Augenblick geschehn
still, unangekündigt packt es mich
und trägt mich von hier
zu unbekannten Gefilden
zum langersehnten Frieden

Komm und nimm mich weg von hier
befrei mich von der Last, die Leben heißt
und mach mich so leicht, daß ich frei sein kann
daß ich bei dir sein kann

Ich bin so alt, ich brauch nicht mehr zu leiden
ich weiß, daß sich hinter jedem Schatten
Licht verbirgt, das wärmt
und mir leuchten wird
bis in die Ewigkeit

Bim bam bum

Jannemann hatte einen Splitter in seinem Fuß
es tat schrecklich weh
und fing schon an, ein bißchen zu eitern
Mutter zog den Splitter
ganz vorsichtig raus
und gab ihm da ein Küßchen.

Jannemann kletterte die Holztreppe hoch
und zog Jesus am Kreuz
die Nägel aus den Händen.
Jesus purzelte ein Stück herunter
und schaukelte mit seinem Kopf nach unten
bim bam, bim bam,
bim bam bum
und fegte allen Nippes vom Kaminsims.
Jesus machte einen Höllenlärm.
Mutter kam ins Zimmer.
Jesus, Jannemann!
Jannemann kriegte Haue
und
Jesus kriegte kein Küßchen.

Die Tempeltänzerin

Ein aus solch zartem Stoff geschnittenes
Mädchen sah ich noch nie.
Waren ihre Hände Schmetterlinge
ihre Lippen Rosenblätter
waren ihre Füße aus Kreppapier?
Und ihre Augen so still
so fern.

Was sahen sie
an welcher Innenseite
vor meiner verborgenen Welt?
Das schwarze Haar
geschlossen für meine Hand
Du bist so schön,
das Leben selbst.
Weit entfernt
von den Dingen.

Ballerina

Ich hab von dir geträumt.
Du wohntest in einem Haus
in dem alle Türen offenstanden
wo ganz viele
Arten von Menschen wohnten:
Krausköpfige,
Sommersprossige,
große Dicke,
Nylonträger,
Schlitzäugige und
Studentinnen mit Ellbogen,
karierten Röcken,
blauen Strümpfen
und Pumps.
Bäckerburschen
Leute mit zu großen Händen
Tänzer
mit lauter Hühneraugenpflastern
auf den Füßen.
Du saßt da
mit deinen Haaren
und deinen Augen und allem
und blicktest durch die Gardinen
in den Park
wo zweitausend afghanische Jünglinge
zweitausend Kinderwagen
schoben
und alle Mütter
saßen zu Hause
und keiften
bis es anfing
zu hageln
und jedes Hagelkorn

auf dem Boden
ein kleines weißes
Gänseblümchen wurde
das ich
zusammenband
und in einem großen Strauß
per Fleurop
an deine Adresse schickte.

Weg

All diese Texte
neblige Bausteine
des Geistes
Zusammenfassungen von nichts
alles ist verschwunden

Mama

Laß mich heute nur sitzen
nach dem Sonnenlicht sehn
auf unserem Haus,
nichts anderes sehn
als
dein stilles Gesicht
das strahlt
wenn ich wieder was unglaublich
Dummes sage

Herman mi Hermano

Charmanter Clown
singender Mime
tanzender und musizierender Akrobat
Herman van Veen
mein Bruder aus Holland -
in dir erkenne ich die Weisheit
des Hofnarren und die Brutalität
des Moralisten
wenn du so tust
als ob du nur ein Ziel hättest:
uns zum Lachen zu bringen.

Georges Moustaki

Freundschaft

Seit zwanzig Jahren schreibe ich für Herman van Veen, seit zwanzig Jahren sind wir Freunde. Als unsere Zusammenarbeit begann, war er in seinem Land schon ein Star. Ich konnte damals noch nicht einmal Holländisch. Trotzdem hat er mir vertraut, und aus diesem Vertrauen entstand 1973 die erste deutsche van Veen-LP mit dem programmatischen Titel «Ich hab ein zärtliches Gefühl».
Ich habe in all den Jahren auch noch für andere Künstler geschrieben, aber die enge Verbundenheit, die während der gemeinsamen Arbeitsphase entstand, fiel danach meistens dem Druck und den Zwängen der Branche zum Opfer. Herman van Veen jedoch ist einer, der treu bleibt – anderen und sich selbst.
Wenn ich seine Lieder höre, sehe ich immer seine Augen vor mir, es sind Augen, die unbeirrt nach vorn schauen und nicht nach dem Erfolg schielen, Augen, die nicht kühl beobachten und trotzdem das erkennen, was hinter der Fassade steckt, große, klare Augen – Augen mit «Aussicht aufs Meer». Herman van Veen singt, was er sieht.
In diesen Zeiten der zunehmenden Bildschirm- und Trommelfellverschmutzung ist er mit seinen leisen Tönen eine Ausnahmeerscheinung, ein internationaler Künstler, der mittlerweile auch in Frankreich, England und Amerika sein Publikum erobert hat. Trotzdem ist er auf dem Teppich geblieben – und zwar auf einem fliegenden.
Nur tote Fische schwimmen mit dem Strom. Herman van Veen hat sich nie treiben lassen, wer nicht mit der Zeit geht, überlebt länger. Seit zwanzig Jahren sind wir Freunde. Ich bin stolz auf diese Freundschaft.

Thomas Woitkewitsch

Chansons

Konstantin Wecker
Jetzt eine Insel finden *Vorläufige Gedichte und Lieder*
(rororo 5992)
«Selbst wenn es nichts mehr gäbe, was mich hält, dann hielte mich noch, daß mich nichts mehr hält.»
«Diese Text halten es aus, gelesen zu werden, ohne daß eine Melodie sie stützen müßte.» Norddeutscher Rundfunk

Konstantin Wecker
Ich will noch eine ganze Menge leben *Songs Gedichte Prosa*
(rororo 4797)
«Genug ist nicht genug,
ich laß mich nicht belügen.
Schon Schweigen ist Betrug,
genug kann nie genügen.»
«Konstantin Wecker, bayrischer Liedermacher mit unbequemen Texten, hat nichts von seiner Frische, seiner Originalität und Bissigkeit verloren.» Abendpost

Herman van Veen
Anne
(rororo 12491)
«Morgen wenn alles vorbei ist
werde ich mich schämen
aber laßt mich heute noch
das Labyrinth durchqueren.»
«Die Gedichte dieses Bandes sind verwandt mit denen der Beatdichter wie Allan Ginsberg in Amerika und Adrian Henri und Brian Patten in England: erzählende Gedichte, breit gefächert, die ein Gebiet ‹irgendwo zwischen Himmel und Horten› behandeln und für ein unbefangenes Publikum bestimmt sind.» Aus dem Vorwort von Willem Wilmink

rororo Unterhaltung

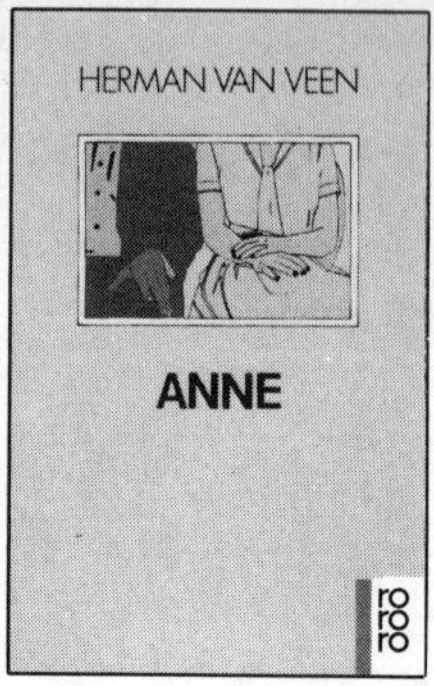

Herman van Veen
Unter einem Dach *Notizen eines Clowns*
(rororo 5124)
«Herman van Veen ist Sänger, Musiker, Poet, Pantomime, Tänzer, Schauspieler in einer Person – zärtlicher Bürgerschreck und verträumter Rattenfänger zugleich.» Nürnberger Nachrichten

3295/1

Robert Musil

Als «monsieur le vivisecteur» hat **Robert Musil**, ein Großmeister der literarischen Moderne, sich selbst bezeichnet. Über zwanzig Jahre arbeitete er unaufhörlich an seinem Roman «Der Mann ohne Eigenschaften» – die längste Zeit ohne feste Stellung und geregeltes Einkommen. Robert Musil stammte aus einer angesehenen österreichischen Beamtenfamilie, studierte Philosophie, Physik und Mathematik in Berlin, wurde aber nicht, wie der Vater wollte, Ingenieur, sondern Schriftsteller. 1933 verließ Musil Deutschland, kehrte nach Wien zurück und ging später in die Schweiz. Am 15. April 1942 starb er in Genf, ohne sein Hauptwerk vollenden zu können.

Der Mann ohne Eigenschaften
Roman
(rowohlt jahrhundert 1 und 2 sowie als gebundene Sonderausgabe)
«Dieser Roman ist ein letztes Prunkstück österreichischen Barocks, strotzend von Überfülle, Fleisch und Kostüm, Vorhang und Hintergrund, Sinnlichkeit und Reflexion.» Ernst Fischer

Drei Frauen *Drei Erzählungen*
(rororo 64)

Die Schwärmer *Schauspiel*
(rororo 5028)

Die Verwirrungen des Zöglings Törleß
(rororo 300)

Nachlaß zu Lebzeiten
(rororo 500)

rororo Literatur

Im Rowohlt Verlag sind von Robert Musil außerdem lieferbar:

Versuche, einen anderen Menschen zu finden *Robert Musil-Lesebuch*
Herausgegeben von Adolf Frisé
256 Seiten. Gebunden.

Frühe Prosa und aus dem Nachlaß zu Lebzeiten *Sämtliche Erzählungen*
384 Seiten. Gebunden.

Prosa und Stücke. Aphorismen. Essays und Reden
Herausgegeben von Adolf Frisé
1968 Seiten. Gebunden.

Tagebücher
Herausgegeben von Adolf Frisé
Zwei Bände. Gebunden.

Briefe 1901–1942
Herausgegeben von Adolf Frisé
Zwei Bände. Gebunden.

Rolf Dieter Brinkmann

Am 23. April 1975 wurde **Rolf Dieter Brinkmann** in London im Alter von 35 Jahren von einem Taxi überfahren. Mit dem Tod hatte er gelebt. Er war dem Zerfall, der kaputten Wirklichkeit nie ausgewichen und hatte sich doch gegen sie aufgelehnt – emotional, impulsiv, verletzlich und voll poetischer Schärfe.
1940 wurde er in Vechta in Oldenburg geboren, in Essen und Köln lernte er Buchhändler. 1968 erschien sein erstes Buch «Keiner weiß mehr», das die Wut und die Empörung seiner Generation ausdrückte. Brinkmann besaß wenig Geld, lebte 1971-73 als Stipendiat der Villa Massimo in Rom, wo «Rom. Blicke» entstand. Er gab Anthologien heraus, experimentierte mit Collagen, schrieb Hörspiele, Erzählungen, Essays, Gedichte – ein Film in Worten. Postum wurde Rolf Dieter Brinkmann der Petrarca-Preis verliehen.

Keiner weiß mehr *Roman*
(rororo 1254)

Erkundungen für die Präzisierung des Gefühls für einen Aufstand: Träume. Aufstände. Gewalt. Morde REISE-ZEIT-MAGAZIN. Die Story ist schnell erzählt (Tagebuch)
(das neue buch 169 Großformat)

Rom. Blicke
(das neue buch 94 Großformat)

R.D.Brinkmann / R.R.Rygulla (Hg.)
ACID Neue amerikanische Szene
(rororo 5260 Großformat)

rororo Literatur

Im Rowohlt Verlag sind lieferbar:

Erzählungen In der Grube. Die Bootsfahrt. Die Umarmung. Raupenbahn. Was unter die Dornen fiel
416 Seiten. Gebunden.

Der Film in Worten *Prosa, Erzählungen, Essays, Hörspiele, Fotos, Collagen, 1965-1974*
320 Seiten. Broschiert.

Schnitte
160 Seiten. Zahlreiche Fotos. Kartoniert.

Standphotos *Gedichte 1962-1970*
376 Seiten. Zahlreiche Fotos. Kartoniert.

«Wörtern sind wir aufgesessen statt Leben, Begriffen statt Lebendigkeit, sollte es verwundern, wenn wir erstickt werden von Wörtern und Begriffen.»
Rolf Dieter Brinkmann

3210/1

Benard / Schlaffer

Cheryl Benard, geboren 1953 in New Orleans / USA, und **Edit Schlaffer**, geboren 1950 im Burgenland / Österreich, leiten als Sozialwissenschaftlerinnen die «Ludwig-Boltzmann-Forschungsstelle für Politik und zwischenmenschliche Beziehungen» in Wien.

Männer *Eine Gebrauchsanweisung für Frauen*
208 Seiten. Broschiert und als rororo sachbuch in der Reihe «zu zweit» 8820

Sag uns, wo die Väter sind *Von Arbeitssucht und Fahnenflucht des zweiten Elternteils*
256 Seiten. Broschiert

Laßt endlich die Männer in Ruhe *oder Wie man sie weniger und sich selbst mehr liebt*
256 Seiten. Broschiert

Im Dschungel der Gefühle *Expeditionen in die Niederungen der Leidenschaft*
(rororo sachbuch «zu zweit» 8783)

Die Grenzen des Geschlechts *Anleitungen zum Sturz des Internationalen Patriarchats*
(rororo sachbuch 7775)

Die ganz gewöhnliche Gewalt in der Ehe *Texte zu einer Soziologie von Macht und Liebe*
(rororo aktuell 4358)

Liebesgeschichten aus dem Patriarchat *Von der übermäßigen Bereitschaft der Frauen, sich mit dem Vorhanden zu arrangieren*
(rororo sachbuch 7843)

rororo sachbuch

Der Mann auf der Straße *Über das merkwürdige Verhalten von Männern in ganz alltäglichen Situationen*
(rororo sachbuch 7305)

Viel erlebt und nichts begriffen *Die Männer und die Frauenbewegung*
272 Seiten. Kartoniert

«Die Autorinnen sind nicht nur intelligent und informiert, sondern sie verstehen es auch, ihr Wissen mit Witz und Ironie an die Frau zu bringen - eine glückliche, aber leider seltene Kombination im Feminismus.»
Martina I. Kischke, Frankfurter Rundschau

Paul Bowles

Paul Bowles' Romane gehören «zum Besten, was ein Amerikaner je geschrieben hat» (Gore Vidal)
Gerade zwanzig geworden, brannte **Paul Bowles** 1930 nach Paris durch. Gertrude Stein entdeckte den jungen Dichter und machte ihn mit Ezra Pound, Jean Cocteau und André Gide bekannt. In New York feierte Bowles exzentrisch seine frühen Erfolge als Schriftsteller, Drehbuchautor und Komponist. 1947 zog er sich nach Tanger zurück. Nach langjährigen Aufenthalten in Nordafrika, auf Ceylon und in Südamerika lebt er seit vielen Jahren wieder in Marokko. Die Flucht vor der Zivilisation wird das zentrale Motiv seiner Romane.

Allal *Stories aus Marokko*
(rororo 5975)
«... halluzinatorische Exkursionen in die mythische Welt arabischer Nomadenvölker, wo der zivilisierte Europäer oder Amerikaner in unheilvolle Verstrickungen gerät. Bowles schreibt jeweils aus der Optik seiner Figuren, läßt durch sie eine Handlung aufkommen. Seine Stories sind durch den Flair orientalischer Phantastik von einer Bildhaftigkeit, die die abendländische Phantasie zu entzünden vermag.» Basler Zeitung

Himmel über der Wüste *Roman*
(rororo 5789)
In seinem Hauptwerk schildert Bowles die Flucht eines amerikanischen Ehepaars vor der Leere ihres Daseins in die Wüste. Beide suchen einen Lebenssinn, im

rororo Literatur

letzten die Liebe. Aber sie finden nur Abenteuer, Hetzjagd, Öde und Tod. Bernardo Bertolucci verfilmte «Himmel über der Wüste» mit Debra Winger und John Malkovich in den Hauptrollen.
«Ein erstklassiger Abenteuerroman von einem wirklich erstklassigen Schriftsteller!» Tennessee Williams

Robert Briatte
Paul Bowles. *Ein Leben*
(rororo 12911)
Robert Briattes Biographie ist mehr als ein Lebenslauf, sie zeigt uns Paul Bowles in der faszinierenden Welt seiner Romane, als Chronist des Mythos Afrika.

3207/1

Louise Erdrich

Philip Roth bezeichnete **Louise Erdrich**, deren Mutter eine Chippewa-Indianerin war, als «die interessanteste amerikanische Erzählerin seit langer Zeit». Louise Erdrich studierte Amerikanische Literatur und lebt heute als freie Schriftstellerin mit ihrem Mann, drei adoptierten und zwei eigenen Kindern in Northfield/Minnesota.

Liebeszauber *Roman*
(rororo 12346 und als gebundene Ausgabe)
In insgesamt vierzehn Episoden erzählt Louise Erdrich vom Leben und Sterben dreier Generationen der Chippewa-Familien Kashpaw und Lamartine in ihrem Reservat in North Dakota. «Abenteuerlust, Freiheitsdrang, Sinn für Komik, Phantasie und Freude am Spiel mit den Resten der indianischen Tradition. Diese Mischung macht den Roman schon nach wenigen Seiten unwiderstehlich.» Neue Zürcher Zeitung

Die Rübenkönigin *Roman*
(rororo 12793 und als gebundene Ausgabe)
Während eines brütendheißen Sommers wird Dot Adare zur Rübenkönigin gewählt. Genau wie ehemals ihre Großmutter gewinnt sie außerdem einen Freiflug mit dem Doppeldecker... «Ein wunderbares Buch — ursprünglich, ideenreich und sehr ergreifend.» Vogue

rororo Literatur

Im Rowohlt Verlag sind außerdem erschienen:

Spuren *Roman*
Deutsch von Barbara von Bechtolsheim und Helga Pfetsch
272 Seiten. Gebunden.
Die schöne Indianerin Fleur ist der Zauberei mächtig, aber ihre Kraft reicht nicht aus, den Wald zu retten, in dem ihr Stamm lebt. Louise Erdrich erzählt, wie die einst so lebendige indianische Kultur am «American way of life» zugrunde ging.

Michael Dorris / Louise Erdrich
Die Krone des Kolumbus *Roman*
480 Seiten. Gebunden.
Fast 500 Jahre nach der Ankunft Kolumbus' in Amerika findet die indianische Dozentin Vivian Twoster zwei alte Handschriften. Ein spannender Abenteuerroman über ein historisches Ereignis.

Adolf Frisé

«**Adolf Frisé** (Jahrgang1910) ist von Hause aus Journalist. ... Als er nach dem Kriege seine Karriere als Redakteur begann, hätte sie, mit seiner Kenntnis und literarischen Sensibilität, zur Position eines Literaturpapstes führen können. Er verzichtete darauf und wurde Anwalt Musils.»
Ulrich Karthaus

Plädoyer für Robert Musil
272 Seiten. Kartoniert
«Adolf Frisé... war einer der ersten, die Musils Bedeutung erkannten; er war einer der wenigen, dessen Begeisterung für den "Mann ohne Eigenschaften" ihn persönlichen Kontakt zu Musil suchen ließ; einer der ganz wenigen, die sich nach dem Kriege an Musil erinnerten und der erste, dessen Faszination zu Aktivitäten führte und ihn endlich veranlaßte, den größten Teil seiner Energien für das Werk Musils einzusetzen... »
Ulrich Karthaus im Musil-Forum

Wege zu Musil *Eine Auswahl aus seinen Texten*
(rororo Band 13107)
«Ich weiß nicht einmal, ob ich das, wofür ich mich persönlich entschied, richtig wiedergebe, wenn ich sage: Die Dichtung hat nicht die Aufgabe das zu schildern, was ist, sondern das was sein soll; oder das, was sein könnte, als eine Teillösung dessen, was sein soll. Mit anderen Worten: Dichtung gibt Sinnbilder: Sie ist Sinngebung. Sie ist Ausbeutung des Lebens.»
Robert Musil

rororo Literatur

Der Beginn der Vergangenheit
Roman
381 Seiten. Gebunden und als rororo Band 13193
Eine Liebesgeschichte, die mit der Nachricht vom einsamen Tod der Frau beginnt. Der Abschied von ihr ruft im Ich-Erzähler die Erinnerung wach an gemeinsame Jahre, glückliche und leidvolle. Die Liebe zu dieser Frau eines anderen ist überschattet von ihrer Krankheit. – Der Roman ist auch ein relitätsnaher Bericht über die sich verdunkelnde deutsche Geschichte: «Den Roman des achtzigjährigen Adolf Frisé darf man als eine literarische Überraschung bezeichnen.»
Frankfurter Allgemeine Zeitung

Carlos Fuentes

Carlos Fuentes wurde 1928 in Mexico City geboren, verbrachte seine Kindheit im glitzernden Amerika der dreißiger Jahre. Er begann eine Karriere als Diplomat, unter anderem als Botschafter in Paris. Wichtiger aber war ihm das Schreiben. Sein literarisches Werk machte ihn zu einem der bedeutendsten Autoren Lateinamerikas. 1988 erhielt er den «Miguel de Cervantes-Preis», die höchste literarische Auszeichnung Spaniens.

Der alte Gringo *Roman*
(rororo 12428)
Im November 1913, einundsiebzigjährig und vom Asthma geschüttelt, verließ der amerikanische Schriftsteller Ambrose Bierce die Stadt San Francisco, stürzte sich in das blutige Chaos der mexikanischen Revolution und ward nie wieder gesehen. «... ein großartiges, ein farbiges, facettenreiches, spannendes Buch.» Die Welt
«Der alte Gringo» wurde mit Gregory Peck und Jane Fonda erfolgreich verfilmt.

Chac Mool *Erzählungen*
(rororo 12390)
Alle Figuren dieser acht Erzählungen werden das Opfer ihrer Begierden. Unausweichlich geraten sie aus einer scheinbar alltäglichen Situation in eine existentielle Krise.

Verbranntes Wasser *Vier Erzählungen*
(rororo 12456)
Ein Erzähl-Quartett des großen lateinamerikanischen Autors.

rororo Literatur

Hautwechsel *Roman*
(rororo 12398)
Vier Reisende wollen von Mexico City nach Veracruz, ohne dort je anzukommen. In einem stinkenden Hotel müssen sie eine endlose Nacht durchstehen, durchlieben, durchbeichten.

«Mit García Márquez und dem Peruaner Mario Vargas Llosa zusammen muß Carlos Fuentes zweifellos zu den drei größten lebenden Autoren seines Kontinents gerechnet werden.»
Frankfurter Allgemeine Zeitung

Sinclair Lewis

Zusammen mit Upton Sinclair und Jack London war **Sinclair Lewis** (1895 – 1951) einer der großen realistischen Erzähler und Kritiker der USA. Lewis war als Journalist und Übersetzer tätig und wurde schließlich Sekretär von Jack London. Mit seinen Romanen kämpfte er gegen Spießigkeit, Profitgier und Kleinstrebertum. Lewis konnte aber auch so heiter-ausgelassene Bücher wie *Benzinstation* schreiben. 1930 erhielt er als erster Amerikaner den Nobelpreis für Literatur.

Benzinstation *Roman*
(rororo 5775)
Während eines Autotrips quer durch die Staaten erobert der junge Garagenbesitzer und Naturbursche Milt Daggett die Industriellentochter Claire Boltwood. Nebenher verhilft der Held dem Business-Vater jedoch zu der Entdeckung, daß es Menschen gibt, die sich nicht kaufen lassen, und seiner Tochter zu der Einsicht, daß Liebe nicht über das Bankkonto geht.

Babbitt *Roman*
(rowohlt jahrhundert 27)
Babbitt zeigt einen Spießer, selbstgefällig, ignorant, fortschrittsgläubig, in der Enge der Provinz. Da geschieht es: Paul, sein bester Freund, wird zum Mörder. «Ein hinreißendes Buch, und, so ganz nebenbei: Amerika. Das Buch riecht nach Wahrheit.» Kurt Tucholsky

rororo Literatur

Im Rowohlt Verlag ist außerdem lieferbar:

Spielen wir König *Gesammelte Erzählungen*
Deutsch von Hermann Stiehl
255 Seiten. Gebunden.